SÓ OS PROFETAS ENXERGAM O ÓBVIO

FRASES INESQUECÍVEIS DE
NELSON RODRIGUES

SÓ OS PROFETAS ENXERGAM O ÓBVIO

apresentação **ANDRÉ SEFFRIN**

Editora
Nova
Fronteira

© 2020 by Espólio de Nelson Falcão Rodrigues

Direitos de edição da obra em língua portuguesa no Brasil adquiridos pela **Editora Nova Fronteira Participações S.A.** Todos os direitos reservados. Nenhuma parte desta obra pode ser apropriada e estocada em sistema de banco de dados ou processo similar, em qualquer forma ou meio, seja eletrônico, de fotocópia, gravação etc., sem a permissão do detentor do copirraite.

Editora Nova Fronteira Participações S.A.
Rua Candelária, 60 — 7º andar — Centro — 20091-020
Rio de Janeiro — RJ — Brasil
Tel.: (21) 3882-8200

Dados Internacionais de Catalogação na Publicação (CIP)
(Câmara Brasileira do Livro, SP, Brasil)

Rodrigues, Nelson, 1912-1980
  Só os profetas enxergam o óbvio: frases inesquecíveis de Nelson Rodrigues / Nelson Rodrigues; apresentação André Seffrin. — 1. ed. — Rio de Janeiro: Nova Fronteira, 2020.
  128 p.; 21 cm.

  ISBN 978-65-5640-099-0

  1. Crônicas brasileiras I. Seffrin, André. II. Título.

20-49085   CDD-B869.8

Índices para catálogo sistemático:
1. Crônicas: Literatura brasileira B869.8
Maria Alice Ferreira - Bibliotecária - CRB-8/7964

SUMÁRIO

NOTA EDITORIAL 6

UM LIVRO INFINITO 9

MEMÓRIAS: A MENINA SEM ESTRELA 11

O ÓBVIO ULULANTE: AS PRIMEIRAS CONFISSÕES 21

A CABRA VADIA: NOVAS CONFISSÕES 33

O REACIONÁRIO: MEMÓRIAS E CONFISSÕES 49

O BERRO IMPRESSO NAS MANCHETES 61

BRASIL EM CAMPO 75

A PÁTRIA DE CHUTEIRAS 81

A VIDA COMO ELA É... 89

PEÇAS DE TEATRO 93

A MENTIRA 103

ASFALTO SELVAGEM: ENGRAÇADINHA, SEUS PECADOS E SEUS AMORES 105

O CASAMENTO 111

TEXTOS INÉDITOS EM LIVROS 115

ENTREVISTAS 121

NOTA EDITORIAL

Nelson Rodrigues é sabidamente um dos maiores dramaturgos em língua portuguesa e autor das célebres histórias de *A vida como ela é...* Só isso já bastaria para incluí-lo entre os grandes nomes da literatura brasileira, mas Nelson fez mais, muito mais.

Romancista de mão cheia, foi ainda um cronista prolífico, de opiniões sempre assertivas e muitas vezes polêmicas ou proféticas, escritas com um estilo inconfundível. Aliás, é justamente nas crônicas que percebemos com mais nitidez outra notável faceta sua: a de frasista, provavelmente um dos melhores que o Brasil já teve. Sua capacidade de criar ditos impactantes, com força de aforismo, era tão impressionante que é possível abrir seus livros não ficcionais em qualquer página e encontrar pelo menos uma dessas máximas. As entrevistas também estão recheadas delas. E, na ficção ou no teatro, elas aparecem com frequência em falas de personagens ou na própria narração, embora nem sempre possam ser destacadas do enredo com facilidade. Nesse último caso, nem sempre refletem o pensamento do autor, vale salientar.

Como quem se diverte com os próprios achados verbais, Nelson Rodrigues não via problema algum em repeti-los em abundância, asseverando que "as coisas ditas uma vez e só uma vez morrem inéditas". Tal afirmação não é uma simples frase de efeito, mas uma efetiva convicção. Isso pode ser percebido nitidamente na divisão proposta para este volume e foi um dos motivos de termos optado pela segmentação por livros.

Uma leitura comparativa pode ajudar a entender que essa obsessiva repetição de frases axiomáticas era programática; repetidas, elas se tornavam tão conhecidas que extrapolavam o texto escrito e iam parar na boca de leitores e até mesmo de não leitores. Sim, porque muitos citavam (e ainda citam) frases de Nelson Rodrigues sem fazer a menor ideia de quem as tenha criado. Um bom exemplo disso é o "Complexo de vira-latas" atribuído pelo autor aos brasileiros.

Na crônica escrita para *O Globo*, em 17 de agosto de 1977, e publicada no livro *Brasil em campo*, Nelson fala do nascimento de outra frase bem famosa sua, a que dá título a este livro. Com esse texto convidamos você a conhecer centenas de achados do autor que nos mostrou que o óbvio, embora ululante, não se revela para qualquer um.

"Amigos, num dia inspirado, escrevi uma frase que ia sofrer todas as variações possíveis. Eis a frase: — 'Só os profetas enxergam o óbvio.' A princípio, era uma frase engenhosa. Mas não imaginei, jamais, que corresse todo o território nacional. Vocês entendem? No dia seguinte, eu saí de casa, bem cedo, tão cedo que esbarrei, quase tropecei no leiteiro. Vejam o sucesso fulminante de uma frase bem-nascida. Assim que me viu, o homem ergueu o braço e declamou: — 'Só os profetas enxergam o óbvio.' Recuei dois passos e avancei outro tanto.

Perguntei: — 'Onde é que você leu isso?' Ele puxou o recorte do bolso. — 'Li na sua crônica, na sua coluna, ora, pois pois!' Estendi-lhe a mão, o leiteiro a dele, e assim nos despedimos. Isso foi há uns cinco anos (ou dez?). O fato é que, durante todo o dia da primeira audição (e era uma primeira audição), eu vivi às custas da frase. A alma encantadora das esquinas e dos botecos amou a frase. E, por um momento, pensei que eu podia viver de uma frase se eu a tratasse com o necessário carinho. De um dia para outro tornei-me o poeta do óbvio. Impressionado, criei, em seguida, o óbvio ululante. Repercussão instantânea."

UM LIVRO INFINITO

Ensina Nelson que a frase deve ser "exata, inapelável e assassina". Suas crônicas são em geral a *frase*. A frase que abarca o tema, o tema em busca da frase. Frases que emolduram temas e são deles o esqueleto e os músculos, o sangue e a alma. Não por acaso ele numerava os parágrafos de suas crônicas, talvez na secreta intenção de destacar cada tópico ou cada novo arranco da imaginação, cada frase ou conjunto de frases.

Algumas mereceram retoques quando um novo assunto exigia, em diferentes e oportunos momentos. Por isso suas frases mais acabadas e folclóricas variavam, às vezes, reinventadas na surpresa do fato novo. E como eram e continuam antigos os fatos novos. Por isso a repetição nunca deixou de ser um de seus motes básicos. E como ele sabia se repetir bem. Tinha, e como!, o dom da repetição. E sobre elas, as repetições,

Sonia Rodrigues, filha do autor, acertou o *alvo da verdade*: "as repetições ou contradições de Nelson Rodrigues são questões existenciais, culturais, estilísticas importantes".

Pois é, também Carlos Heitor Cony observou que Nelson "não temia a redundância, a repetição de fatos e expressões, tornando-se de longe o maior fabricante de bordões de nossa literatura". Bordões sobre a glória e a miséria do Brasil, do povo anônimo a seus ídolos, da família ao futebol, do pobre ao rico, do magro ao gordo, do gênio ao pulha. Sem esquecer a vasta matéria deflagradora de seus graves desafios à moral manca e à lógica perversa: a partir do aparentemente banal, o insólito — a verdade e a mentira nos subúrbios do sexo e da vida como ela é.

São muitos Nelsons em Nelson, sobretudo quando o bordão soa como aforismo ou provérbio, entre o público e o privado, o insulto e o elogio. Por esses e outros motivos, foi perseguido e hostilizado por todos, amigos e inimigos, e ambos ele colecionava, com esmero e dedicação. Sem contar que amigos e inimigos costumavam trocar de lado, "e trocaram muito", afirma Otto Lara Resende. Este é, portanto, mais que um livro de frases, o livro de um "moralista às avessas" (obrigado, Sábato Magaldi!) que pisou com sábia intimidade o lodoso ambiente do animal humano, esta fera que berra e chora e vomita dentro do incômodo do mundo.

Insistentemente repetidas, pelo autor e por seus colegas jornalistas, são, em sua maior parte, frases mutantes que nós, leitores, ao longo de décadas, também colaboramos para transformar. E se agora se buscou alguma fidelidade textual com as referências (veículo e data de publicação), foi na tentativa de esclarecer um pouco eventuais metamorfoses dessas frases-criaturas de Nelson. Um livro infinito que poderemos ampliar, cada um a seu gosto e medida, nas centenas e milhares de outras páginas do autor.

ANDRÉ SEFFRIN

MEMÓRIAS: A MENINA SEM ESTRELA

Com muitos sentidos, Nelson Rodrigues era um escritor de pistas falsas. Quando falava do homem, da história, dos grandes acontecimentos, de sua época, era para dentro de si que olhava, para suas lembranças e seus sentimentos. Por outro lado, quando falava das próprias alegrias e tristezas, atingia uma compreensão intensa do que é o ser humano em sua miséria e seu esplendor. Em *Memórias — A menina sem estrela*, mais que nunca Nelson encontrou o universal na mais íntima e pessoal das experiências. Para ele "nada é intranscendente", nem o menor fato cotidiano. Os temas se cruzam, as histórias de sua família são entrelaçadas com acontecimentos da história do Brasil e do mundo que marcaram o autor.

ADMIRAÇÃO E ADMIRADORES

Bem que eu queria sapatear em cima da admiração como se esta fosse uma víbora.

Devo muito aos inimigos e muito pouco, ou quase nada, aos admiradores.

Se quisesse, faria com os nomes dos meus ex-admiradores uma lista telefônica.

Um admirador precisa ter férias, fim de semana, dias santos, feriados.

Somos, realmente, uns impotentes da admiração.

AMIGOS

O amigo é a desesperada utopia que todos nós perseguimos até a última golfada de vida.

AMOR

O amoroso é sincero até quando mente.

Quem nunca morreu com o ser amado não sabe o que é amor e é um impotente da alma.

Sem um mínimo de morbidez, ninguém consegue gostar de ninguém. O amor ou é puro desejo ou, menos do que isso, a posse sem desejo.

Para o homem, o amor não é gênio, não é talento, e sim tempo, métier, sabedoria adquirida.

ANGÚSTIA

Cada um de nós há de morrer agarrado à sua angústia.

A angústia dá ao homem uma fome de miserando.

AUTOCRÍTICA

Cada autocrítica tem a imodéstia de um necrológio redigido pelo próprio defunto.

AUTODESTRUIÇÃO

O cigarro que se fuma, ou a cerveja que se bebe, o que exprime senão a secreta vontade da autodestruição?

BEIJO

A verdadeira posse é o beijo na boca.

É o beijo na boca que faz do casal o ser único, definitivo.

BRASIL E BRASILEIROS

O problema do brasileiro é um só: ser ou não ser traído.

DEPRESSÃO

Tamanha era minha depressão que um sorriso, ou um bom-dia, me empolgava.

ELOGIO

Cochichamos o elogio e berramos o insulto.

FÉ

O belo, o patético, o sublime são as duas mãos postas e a fé ingênua e forte que se irradia de não sei que abismos radiantes.

A fé sempre me comove, mesmo que o santo ou o deus não a mereça.

FOME

Aprendi que a fome não deixa ninguém de pé, ninguém.

A fome varre, a fome raspa qualquer sentimento forte.

FUTEBOL

Certos jogadores são carregados na bandeja, e de maçã na boca, como um leitão assado.

GLÓRIA

Eu diria que o silêncio iníquo é também a glória.

Durante muito tempo a minha glória foi a soma de todos os palavrões que eu merecia das salas, esquinas e botecos.

A glória é ainda mais obsessiva, mais devoradora do que a fome.

HOMEM

O homem devia nascer com trinta anos feitos.

HONRA

Naquele tempo, ainda se lavava a honra a bengaladas.

MAR

O mar, antes de ser paisagem e som, antes de ser concha, antes de ser espuma — o mar foi cheiro.

É diante do mar que gosto de tecer as minhas fantasias fúnebres.

MENTIRAS

A novela dá de comer à nossa fome de mentira.

MORTE E MORTOS

A imprensa, hoje, numa afetação de ética e bom gosto, evita a fotografia de morto. Defunto só no caixão e bem-vestido como um mordomo de filme policial.

O rosto do morto não mente, não trai, não finge.

NUDEZ

Não há nudez intranscendente.

Hoje, não há nada mais intranscendente do que o ato de se despir. A mulher faz dois ou três gestos e a nudez brota, instantânea.

PALAVRAS

Ainda me ficou de Aldeia Campista um último pudor contra certas palavras. Uma delas: "esculhambação". Esta me ofende, me humilha, me dilacera.

PASSADO

Como é antigo o passado recente!

O que aconteceu ontem ou, menos do que ontem, o que aconteceu há 15 minutos pertence tanto ao passado defunto como a primeira audição do "Danúbio azul".

PECADO

O pecado é anterior à memória.

PORNOGRAFIA

Nada mais pornográfico, no Brasil, do que o ódio ou a admiração.

PUDOR

O pudor era obrigatório no jogo amoroso e entrava nas devassidões mais frenéticas.

Nada mais arcaico do que o pudor da véspera.

REPUTAÇÃO

O que nós chamamos de reputação é a soma de palavrões que inspiramos através dos tempos.

SÁBADO

O sábado é uma ilusão.

SALÁRIO

Os sentimentos fortes, como a ira, como o ódio, a inveja, exigem um salário.

SANTO

Qualquer devoção é linda. Não importa que o santo não a mereça. E mesmo que seja um santo falso. (Quero crer que também existam os santos canalhas.)

SEXO

Hoje, com a nudez indiscriminada e frenética, os jogos do sexo não ardem mais.

Podemos ter todas as modéstias, menos a sexual.

SOCIALISMO E MARXISMO

Socialismo é outra maneira facílima de ser intelectual sem ligar duas ideias. Reparem como todo idiota que se conhece é um socialista feroz.

SOLIDÃO

A pior forma de solidão é a companhia de um paulista.

SUCESSO

O autor não tem nada a ver com o sucesso. Quem o faz é o público.

TEATRO E PEÇAS

O teatro é a menos criada das artes, a mais incriada das artes.

TOSSES

Só há uma tosse admissível: a nossa.

TRAIÇÃO

Trair um amor é uma impossibilidade.

UNANIMIDADE

Toda a unanimidade é hedionda.

VELHICE

Eu com sete, oito anos, achava os velhos muito mais fascinantes do que os jovens. Um dos nossos vizinhos era um ancião hemiplégico. Até a doença me parecia linda.

VELÓRIOS

Só na Zona Norte mais profunda, acima da Tijuca, talvez sejam ainda possíveis os velórios esganiçados, convulsivos.

VIDA

Não há pior degradação do que viver pelo hábito de viver, pelo vício de viver, pelo desespero de viver.

VIRTUDES

Deus me livre da virtude ressentida, da fiel sem amor.

VÔMITO

Glauber Rocha nos dera um vômito triunfal. Os sertões, de Euclides, também foi o Brasil vomitado. E qualquer obra de arte, para ter sentido no Brasil, precisa ser esta golfada hedionda.

O ÓBVIO ULULANTE: AS PRIMEIRAS CONFISSÕES

Mesmo para quem conhecia o ficcionista de "A vida como ela é..." e o dramaturgo de *Álbum de família*, a coluna de "memórias" de Nelson Rodrigues, publicada entre dezembro de 1967 e junho de 1968 — primeiro no *Correio da Manhã*, depois no jornal *O Globo* —, era surpreendente em sua sinceridade e mordacidade. Nela, Nelson Rodrigues deixava entrever parte de sua vida, além de analisar os personagens de sua época, as mudanças de comportamento e os debates políticos pelos quais passava o país. Foi desse conjunto de textos que o autor selecionou os 81 que dariam forma ao volume intitulado *O óbvio ululante*, expressão que era um dos seus achados, repetida muitas vezes por ele mesmo e por seus leitores.

ADMIRAÇÃO

A cara dos admiradores de Sartre merecia, sim, a folha de parreira.

ADULTO

Sempre digo que o adulto não existe; o homem ainda não conseguiu ser adulto, ou melhor: — o que há de adulto, no homem, é uma pose.

AMIGOS

Vejamos "o amigo". Essa palavra e essa figura sofrem, do Paraíso aos nossos dias, um desgaste hediondo. Perdemos todo o cuidado seletivo. O amigo deixou de ser uma maravilhosa opção.

Como o amor, a amizade também depende de uma vítima.

AMOR

Quem ama conhece todo o inferno da mania de perseguição.

O amor não deixa sobreviventes.

Morrer de amor, morrer por amor, eis uma utopia que está cravada em qualquer coração.

Tudo é falta de amor. O câncer no seio ou qualquer outra forma de câncer. Tudo, tudo falta de amor.

ASSASSINATOS

Pode-se dizer foi assassinada por uma meia dúzia de sonetos jamais publicados.

ASSUNTO

E, aqui, abro um súbito parêntese. Não era nada disso que eu queria dizer.

Direi mesmo que um assunto pode fazer um autor, pode ser o autor do autor.

Devorado pelo seu assunto, o outro levou horas falando de fome.

BEBIDA E BÊBADOS

Estava sempre bêbado. Deixara de beber há meses, anos, e continuava bêbado.

BEIJO

Pode-se dizer que um beijo a matou, no tempo em que os beijos ainda matavam.

BRASIL E BRASILEIROS

O brasileiro é um feriado.

O Brasil procura em vão um líder para o seu amor, ou um líder para o seu ódio.

No Brasil, há plateia para tudo, e o brasileiro é, por vocação, plateia.

O brasileiro continua sendo aquele Narciso às avessas que cospe na própria imagem.

CASAIS

O perfeito casal exige uma vítima. Tanto faz que seja o marido ou a mulher. Não importa. O que importa é que cada qual viva o seu papel.

CANALHAS

O canalha, quando investido de liderança, faz, inventa, aglutina e dinamiza massas de canalhas.

CASAMENTO

Sei, hoje, que há, em qualquer casamento, uma vítima obrigatória. E a continuidade matrimonial exige que a vítima aceite seu destino e sua função.

CHAPÉU

Naquele tempo, tirava-se o chapéu à mulher grávida como a uma igreja. (Hoje, não usamos nem o chapéu, nem o respeito.)

CRIME

O brasileiro é um fascinado pelo crime passional (cada um de nós se identifica ou com a vítima, ou com o criminoso, ou com ambos).

DEUS

Eis o que eu pensava: — um católico, como o dr. Amoroso Lima, há de ter Deus enterrado em si como um sino.

Não me espanto que alguém, papa ou não, veja Deus. O que me assombra, realmente me assombra, é que Deus não seja visto, a toda hora e em toda parte, por todo mundo.

FOME

A fome é o mais antigo dos hábitos humanos.

FRASES

Por trás da frase alterada estava meu velho e imortal conhecido: — o erro de revisão.

Uma frase compromete ao infinito.

GÊNIO

O gênio tem, por vezes, a nostalgia do imbecil.

GLÓRIA

A glória está mais no insulto do que no elogio.

A glória de certos povos pode ser uma soma de imposturas fascinantes.

GRANDEZA

O homem não nasceu para ser grande. Um mínimo de grandeza já o desumaniza. Por exemplo: — um ministro. Não é nada, dirão. Mas o fato de ser ministro já o empalha. É como se ele tivesse algodão por dentro e não entranhas vivas.

HONRA

É preciso que, por trás da pose, exista uma noção qualquer de honra.

IDIOTA

O idiota é também uma dimensão do gênio.

Desde Noé e antes de Noé, jamais um idiota ousaria ser estadista.

Hoje, tudo é possível, tudo. Há idiotas liderando povos, fazendo História e fazendo Lendas.

Outro dia, passou por mim um automóvel das *Mil e uma noites*, sim, um desses Mercedes irreais, com cascata artificial e filhote de jacaré. Lá dentro ia um idiota flamejante.

LEITOR E LEITURA

Por tudo que sei da vida, dos homens, deve-se ler pouco e reler muito.

A arte da leitura é a da releitura.

Há uns poucos livros totais, uns três ou quatro, que nos salvam ou que nos perdem. É preciso relê-los, sempre e sempre, com obtusa pertinácia.

O leitor se desgasta, se esvai, em milhares de livros mais áridos do que três desertos.

O mesmo livro é um na véspera e outro no dia seguinte. Pode haver um tédio na primeira leitura. Nada, porém, mais denso, mais fascinante, mais novo, mais abismal do que a releitura.

LIBERDADE

Hoje, "liberdade" é um palavrão que, como tal, não devia entrar em casa de família.

Os regimes mais canalhas nascem e prosperam em nome da liberdade.

O artista, o herói, o santo, precisam morrer na hora certa, nem um minuto antes, nem um minuto depois.

NOMES

Lemos, como Oliveira, é nome de vizinho. Um sujeito que se chama Lemos só pode ser vizinho.

Até hoje, acho "lêndea" um nome bonito, como se fosse feito de madrepérola.

OBSESSÃO

Tenho dito, obsessivamente, que sou uma flor de obsessão.

Lavra por aí um outro tipo de obsessão. Sim, todo mundo quer ser "jovem".

ÓBVIO

Se a nossa sociologia limpasse a poeira das próprias lentes, veria o óbvio ululante.

OPINIÃO

O sujeito que opina põe em risco a própria alma.

ORAÇÃO

A oração é linda. Duas mãos postas são sempre tocantes, ainda que se reze pelo Vampiro de Dusseldorf.

PALAVRAS

Todas as palavras são rigorosamente lindas. Nós é que as corrompemos.

PÂNTANOS

Qualquer um tem seus íntimos pântanos, sim, pântanos adormecidos.

PASSADO

O patético de nossa época é que o passado se insinua no presente, e repito: — a toda hora e em toda parte, a vida injeta o passado no presente.

PRESIDENTE

O presidente da República é uma faixa, é uma casaca, é uma cartola, é o Hino Nacional.

PUDOR

O ônibus apinhado é o túmulo do pudor.

RACIOCÍNIO

Há sujeitos que nascem, envelhecem e morrem sem ter jamais ousado um raciocínio próprio.

REACIONÁRIO

O brasileiro só consente em ser reacionário num terreno baldio, de madrugada, à luz de archotes.

SALÁRIO

Certos pundonores, certos brios, exigem um salário e as três refeições.

SEXO

O sexo só faz canalhas (nunca houve um santo do sexo).

SOLIDÃO

A perfeita solidão há de ter pelo menos a presença numerosa de um amigo real.

Há na Sibéria uma ilha tão deserta, tão deserta, que nem micróbios tem. E quando não há nem micróbios, a solidão é perfeita.

SUBURBANOS

Sou um suburbano irreversível.

TEATRO E PEÇAS

A inteligência está liquidando o teatro brasileiro.

TELEVISÃO

A televisão matou a janela.

A televisão vive das reprises dos seus filmes, eu vivo das reprises das minhas imagens.

TRAGÉDIA

Para a mesa do Brasil um prato a mais constitui uma tragédia.

A fome é um hábito e não uma tragédia.

TRAIÇÃO

É num bate-boca que nasce, na mulher, a vontade de trair.

VARIEDADE

A toda hora esbarramos com sujeitos que praticam a variedade sexual. Esses vão morrer na mais fria, lívida, espantosa solidão.

VELHICE

Ninguém quer ser velho. Há uma vergonha da velhice. E o ancião procura a convivência das Novas Gerações como se isso fosse um rejuvenescimento.

VERDADES

As verdades mais solenes podem assumir, por vezes, a forma de piada.

VIÚVAS E VIUVEZ

A viúva que não ama é a da valsa, é a própria Viúva Alegre, de Franz Lehar.

Se a viúva amava o falecido, o segundo matrimônio passa a ser o adultério com guaranás, salgadinhos e convidados.

A CABRA VADIA: NOVAS CONFISSÕES

A cabra vadia é composto por 84 crônicas, selecionadas por Nelson Rodrigues, em 1970, em meio a todas que publicou no jornal O Globo entre 1967 e 1969. Vemos nos textos reunidos no livro uma sinceridade inabalável, que estremece nossas certezas e que fez do autor um incômodo para a intelectualidade de uma época marcada pela radicalização de posições políticas. Voz dissonante na imprensa desabituada à complexidade, Nelson não tinha medo de expor suas opiniões radicais e polêmicas. O título escolhido remete ao quadro estrelado por Nelson, no programa *Noite de Gala*, no qual apresentava entrevistas imaginárias em que conseguia de importantes personagens da vida brasileira depoimentos que eles só dariam "num terreno baldio, à luz de archotes, e na presença apenas de uma cabra vadia".

ABISMOS

Há entre mim e o caro amigo uma série de cordiais abismos.

ADULTÉRIO

Eis o que acontecia com o marido das velhas gerações: — na vida real ou na ópera bufa, era o último a saber. Cegueira plácida e obtusa. E, muitas vezes, a infidelidade era de um óbvio ululante.

ADULTO

O menino está enterrado no adulto como sapo ou rato de macumba.

AGLOMERAÇÃO

Na hora de odiar, ou de matar, ou de morrer, ou simplesmente de pensar, os homens se aglomeram.

AMOR

Quem nunca desejou morrer com o ser amado, não conhece o amor, não sabe o que é amar.

ANIVERSÁRIO

No Brasil, um aniversário jamais é intranscendente.

ARTISTAS

O puro "artista" seria algo de inusitado, como uma girafa.

ATESTADO DE ÓBITO

Diz um amigo meu que o sujeito que assina um atestado de óbito substituiu Deus e O antecipa.

BARRIGUDO

Hoje, temos um preconceito cardíaco, não sei se justo ou iníquo, contra o barrigudo.

BEBIDA E BÊBADOS

Não há pau d'água intranscendente. Também se conhece um povo, ou classe, ou época, pelos seus bêbados.

BEIJO

Antigamente, havia, em torno de um beijo, todo um sigilo, toda uma solidão.

BELEZA

A beleza interessa nos primeiros 15 dias; e morre, em seguida, num insuportável tédio visual.

Não há mulher bonita feliz. Se a mulher bonita é feliz, estejamos certos de um equívoco visual.

BIQUÍNI

O biquíni tem a idade do impudor, que podemos estimar em para mais de, sei lá, 40 mil anos.

O biquíni é a forma mais desesperada da nudez.

BONDADE

Raríssima uma bondade sem impudor.

A toda hora e em toda parte, há íntegros que nos atropelam com a sua integridade, há justos que nos humilham com a sua justiça, há castos que nos ofendem com a sua pureza. Raríssima uma bondade sem impudor

BRASIL E BRASILEIROS

O brasileiro é o aniversariante nato. Nenhum outro povo faz anos com tão larga e cálida efusão.

O Brasil é um adiamento infinito.

O brasileiro é uma ociosidade compacta.

Há, em qualquer brasileiro, uma alma de cachorro de batalhão.

O Brasil teve bastante imaginação para dar um barbeiro de necrotério. E nunca pôs no mundo um Drácula.

O Brasil está por fazer, e repito: — todos os dias o Brasil pede que alguém o faça.

O Brasil não é uma pátria, não é uma nação, não é um povo, mas uma paisagem.

CANALHAS

Pode haver alguém que não tenha um mínimo de canalha?

Certas coisas, certas verdades, exigem um canalha para dizê-las.

CARIOCA

Desembarquei no Rio e me saturei, até os sapatos, de vida carioca.

CARTA ANÔNIMA

O homem diz, na carta anônima, o que não ousaria dizer ao padre, ao psicanalista e ao médium, depois de morto.

CRIME

Nosso jornal moderno tem pudor de valorizar e dramatizar o crime passional.

DESEJO

O desejo tem pudor.

Nada mais vil do que o desejo sem amor.

DEUS

Jamais neguei a cota de morbidez que Deus me deu.

DIMINUTIVO

A classe média não sabe viver sem diminutivo.

DÍVIDAS

Brasileiro paga não as dívidas, mas os juros.

DOR

A grande dor, a dor sem nenhum consolo terreno — dança mambo.

ENTREVISTAS

Nada mais cínico, nada mais apócrifo do que a entrevista verdadeira.

Um dia ocorreu-me a ideia das "entrevistas imaginárias". Aí estava a única maneira de arrancar do entrevistado as verdades que ele não diria ao padre, ao psicanalista, nem ao médium, depois de morto.

ESCÂNDALO

Temos a fascinação do escândalo.

FIM

Para a aeromoça, cada dia pode ser a véspera do fim.

FOME

Uns morrem de fome; outros vivem dela, com generosa abundância.

FRASES

O brasileiro mata e morre por uma frase.

A boa frase, em qualquer tempo ou em qualquer idioma, sempre fez adúlteras.

Todos os autores têm suas três ou quatro frases bem-sucedidas. São frases que adquirem vida própria e que duram mais do que o autor, mais do que o estilo do autor, mais do que as obras completas do autor.

Uma simples frase, ainda que pouco inteligente, tem a sua melodia irresistível.

FUTEBOL

A torcida do Botafogo é mais feroz que a do Flamengo.

GÊNIO

A simples existência de um gênio patrício já nos permite um mínimo de autoestima.

Nunca se sabe se o grande homem é grande homem, se o gênio é um débil mental, se a senhora honesta é uma Messalina.

Faz-se um gênio ou idiota, um santo ou herói em 15 minutos de fulminante promoção.

GERAÇÕES

Através dos tempos, cada geração recebe das anteriores um farto legado obsceno.

Que abismo entre as gerações românticas e os novos tempos!

HOMEM DE BEM

O homem de bem é um cadáver mal-informado. Não sabe que morreu.

Um homem de bem passa por uma cunhada e nada acontece.

HORA

Nada do que se diz, ou faz, à meia-noite é intranscendente. Boa hora para matar, para morrer ou, simplesmente, para dizer as verdades atrozes.

IDEIA FIXA

Convivo muito bem com as minhas ideias fixas.

Sou um obsessivo. E, aliás, que seria de mim, que seria de nós, se não fossem três ou quatro ideias fixas?

IDIOTA

Qualquer idiota sobe num para-lama de automóvel, esbraveja e faz uma multidão.

Para sobreviver, o intelectual, o santo ou herói precisa imitar o idiota.

JORNALISMO

Sou, como se sabe, um pobre jornalista brasileiro, que tem de espremer o cérebro para subvencionar o sapato da mulher e o leite do caçula.

JUVENTUDE

O moço começa a ter razão na altura da primeira chupeta e quase no berçário

Naturalmente, o jovem tem o defeito salubérrimo e simpaticíssimo da imaturidade.

LIBERDADE

Não existe, hoje, palavra mais vã, mais sem caráter, e, direi mesmo, mais pulha do que "liberdade". Como a corromperam em todos os idiomas!

Em nome da liberdade, agredimos a liberdade.

MÉDICOS

O médico ou é um santo ou um gângster.

Há médicos que cobram até "bom-dia".

MORTE E MORTOS

Nada mais doce do que nascer, viver, envelhecer e morrer.

MULHER

Só está salva a mulher que se despe por amor e apenas por amor.

Há quarenta mil anos que certas mulheres cobram os seus carinhos.

NUDEZ

A primeira nudez que eu vi, na minha vida, foi um umbigo.

Nada mais feio do que a nudez sem amor.

Como é triste e, mesmo, vil a nudez que ninguém pediu, que ninguém quis ver, e que nenhum desejo explica.

OBSESSÃO

Foi a televisão, claro, que nos deu essa obsessão numérica das grandes massas.

ÓDIO

O verdadeiro ódio dura mais que a vida e dura mais que a morte.

PALAVRAS

Até hoje, não sei se a palavra está morta. Admito que se possa fazer um romance sem palavras, um conto sem palavras, um soneto sem palavras e até um recibo sem palavras.

PUDOR

Não se usa mais o pudor, como não se usa mais o espartilho.

Hoje, a própria palavra "pudor" é tão antiga e irreal como, como... Vejamos uma palavra bem fora de moda. Já sei: — "supimpa".

PUSILÂNIME

Quando está só, o homem começa a babar de pusilanimidade.

RAZÃO

Nas almas menos nobres, a razão pode subir à cabeça em forma de vil embriaguez.

Tudo que sei da vida ensina que a razão pode perder a nossa alma e repito: — pode destruí-la.

SÁBADO

Hoje, o verdadeiro sábado é a sexta-feira.

SAÚDE

Infelizmente, não tenho nem a saúde física, nem a saúde mental de uma vaca premiada.

SEXO

Estamos numa época em que as patifarias do sexo são promocionais.

SOLIDÃO

Eu me sinto só, e tão só, como um Robinson Crusoé sem radinho de pilha.

TRISTEZA

O homem é triste porque, um dia, separou o Sexo do Amor.

UNANIMIDADE

Não há nada mais impessoal do que o idiota e nada mais idiota do que a unanimidade.

Na hora do protesto, da ira, todos providenciam uma urgente unanimidade.

Cada qual se esconde debaixo da unanimidade como de uma cama.

As unanimidades decidem por nós, sonham por nós, berram por nós.

As maiorias, as unanimidades ululantes, é que dão à nossa covardia um sentimento de onipotência.

VELHICE

Antigamente, a velhice era de uma cerimônia, de um pudor, de uma correção admiráveis.

VIDA

Nossa vida é a soma de ideias feitas, de frases feitas, de sentimentos feitos, de atos feitos, de ódios feitos, de angústias feitas.

VIDA ETERNA

Pelo amor de Deus, não me falem da vida eterna, que é mais antiga, mais obsoleta do que o primeiro espartilho de Sarah Bernhardt.

VIRTUDES

A simples confissão de virtudes não interessa nem ao padre, nem ao psicanalista e nem ao médium, depois da morte.

VIUVEZ

A viuvez que põe um maiô está a dois passos do vestido de baile, do decote, do flerte.

XINGAMENTO

Hoje, o sujeito prefere que lhe xinguem a mãe e não o chamem de reacionário.

O REACIONÁRIO: MEMÓRIAS E CONFISSÕES

O *Reacionário* foi o último livro publicado em vida por Nelson Rodrigues, a partir da reunião de suas crônicas jornalísticas que tratavam de política, de comportamento, de teatro e de memórias. O título do livro remete ao epíteto que, de tanto ouvir ligado ao seu nome, decidiu assumir, resumindo com isso toda a sua história de polemista, daquele que não teme ir contra a opinião geral. Nos 130 textos que podem ser lidos na obra estão presentes o vigor e a graça do estilo rodriguiano. Prova de que, além de retratar uma época e contrariar o "bem pensar", seus escritos são alguns dos melhores momentos do gênero brasileiro por excelência, ao mesmo tempo jornalismo e literatura: a crônica.

ALMA

Quando ouço os ruídos da alma, gostaria de ser um espesso pau-d'água. Gostaria de ser essa cara abjeta, de cujo lábio pende a saliva elástica e bovina.

AMANTE / AMOROSO

O milionário, dono de fábricas, tem uns três ou quatro palácios; sua amante gasta como uma esposa.

O amoroso é sincero até quando mente.

AMOR

Amor é a arte do lazer. O amoroso precisa de tempo.

A juventude está desinteressada do amor ou por outra: — esquece antes de amar, sente tédio antes do desejo.

O amor nada tem a ver com a alegria e nada tem a ver com a felicidade.

A simples esperança do amor eterno impede que o homem apodreça à nossa vista.

Enquanto o homem não amar para sempre, continuaremos pré-históricos.

No dia em que o sujeito perder a infinita complexidade do amor, cairá automaticamente de quatro, para sempre.

Foi o amor que fez de mim um repórter de polícia. Eu queria escrever sobre os que vivem de amor, morrem de amor ou matam por amor.

ANGÚSTIA

Sabe-se que a angústia é, se me permitem a metáfora, a flor do lazer, a joia da ociosidade.

BEBIDA E BÊBADOS

Bebe-se para não se ouvir as vozes que estão enterradas em nós, enterradas, sim, como sapos de macumba.

Eram dez da manhã e já o encontrei bêbado. Era um homem extraordinário. Um bêbado que nem precisava beber.

BOLA

A bola sabe quando vai ser gol e se ajeita.

BONDADE

A nossa bondade frívola e eventual tem, por vezes, pena de uma cachorra manca.

Temos uma bondade frívola, distraída, relapsa. Fazendo as contas, somos bons, por dia, de quinze a vinte minutos.

BRASIL E BRASILEIROS

É a opção de qualquer brasileiro, vivo ou morto: — ou tem sapatos ou tem automóvel.

CAMA

A cama é um móvel metafísico, onde o homem nasce, sonha, ama e morre.

CASAIS

Ela, um silêncio, ele, outro silêncio. Um dia, ele morreu. Era tão silencioso, morto, como em vida.

Normalmente, marido e mulher têm uma relação de arestas e não de afinidades.

O marido, cuja mulher só pode ter filho com cesariana, terá de amá-la até a última lágrima.

CARIOCA

No Rio de Janeiro há de tudo e até cariocas.

COPACABANA

Copacabana vive, por semana, sete domingos.

CORAÇÃO

O coração é o corpo e é a alma. E sempre que um enfarte não mata, estejamos certos de que houve mais uma Ressurreição de Lázaro.

CRÍTICA

Ou o sujeito é crítico ou inteligente.

Hoje no Brasil não há mais a crítica literária. Eu não incorreria em nenhum exagero se dissesse que aí está um gênero morto e enterrado como um sapo de macumba.

DEPRESSÃO

Cada um de nós está sempre a um milímetro da depressão, a um milímetro da euforia.

DEUS

Deus fala pelas coincidências.

DIÁLOGO

Não sei se repararam, mas o diálogo entre brasileiros é sempre fatalmente um monólogo. O interlocutor não existe.

DIMINUTIVO

Nada mais carioca, nada mais brasileiro, nada mais classe média do que o diminutivo.

DOR

A verdadeira dor representa muito mal.

ENTREVISTAS

A entrevista verdadeira é uma sucessão de poses e de máscaras.

FRASES

Todos os autores têm suas três ou quatro frases bem-sucedidas.

FRUSTRAÇÃO

Nada frustra mais a mulher do que a liberdade que ela não pediu, que não quer e que não a realiza.

GÊNIO

Um gênio não convence ninguém, o idiota sim.

GORDOS

Era um gordo total. Mas notem bem: — gordo satisfeito de o ser, feliz das próprias banhas.

IDIOTA

O idiota é uma "força da natureza". Ele chove, relampeja, venta e troveja.

Como bons idiotas da objetividade, vamos nos cingir aos fatos, isto é, às fotos.

Hoje, não há idiota que, aqui ou em qualquer idioma, não explique com a sociedade de consumo todos os mistérios do céu e da terra.

IGNORÂNCIA

O justo, o correto, o exemplar é que assumíssemos a nossa ignorância e a confessássemos, lisamente.

IMPARCIAL E IMPARCIALIDADE

No subdesenvolvido, a imparcialidade não é uma posição crítica, mas uma sofisticação insuportável.

INFERNO

O inferno é o sexo sem amor.

INSÔNIA

Minhas noites são uma pesada selva de insônias.

LITERATURA

Pode-se dizer que foi a politização que liquidou a literatura no Brasil.

Hoje, quando se quer definir o reles, o idiota, o alienado, diz-se: — "Isso é literatura!"

MARACANÃ

No Maracanã vaia-se até minuto de silêncio e, como dizia o outro, vaia-se até mulher nua.

MÉDICOS

Se o médico quer dormir ou namorar na hora do enfarte alheio — não deve ser médico.

MENTIRA

Mentimos muito, não há longa conversa sem um belo repertório de mentiras.

NEURÓTICO

Para ser um bom neurótico, o sujeito precisa de tempo e, além disso, e obviamente, dinheiro.

ÓBVIO

Nada mais invisível do que o óbvio ululante.

Muitas vezes esbarramos, tropeçamos no óbvio. Pedimos desculpas e passamos adiante, sem desconfiar que o óbvio é o óbvio.

PALAVRAS

Querem assassinar a palavra, e a pauladas, como se ela fosse uma gata prenha.

PATRIOTISMO

Eu sou, e o confesso, um patriota de suíças e bigodões, de esporas e penacho, como um dragão de Pedro Américo.

POBRE

O que não se suporta é um pobre que trata as próprias chagas a pires de leite.

PUDOR

Hoje o pudor é uma virtude de museu.

REPETIÇÃO

Duas ou três vezes por semana, digo eu o seguinte: — "Nada mais invisível do que o óbvio ululante." E vejam vocês: — apesar da repetição deslavada, a frase tem, sempre, um ar de novidade total.

Sou o colunista que se repete com um límpido impudor. Não tenho o menor escrúpulo em usar duzentas, trezentas vezes a mesma metáfora.

As coisas ditas uma vez e só uma vez morrem inéditas.

RUA

Sabemos que uma rua, ainda a mais obscura, ainda a mais secundária, tem todos os tipos e todas as paixões. Há o santo e o pulha, a virtude e o pecado, o ateu e o crente, a misericórdia e o cinismo.

SÉCULO

Nada mais XIX do que o século XX.

SOCIALISMO E MARXISMO

Por toda a parte há marxistas; e, quando não há marxistas, há os falsos marxistas, isto é, os que o são por cálculo, moda, pose, cinismo.

SOLIDÃO

A pior forma de solidão é o sexo sem amor.

TELEGRAMA

Um telegrama não tem as boas maneiras do envelope. Os envelopes só nos chamam de "excelentíssimo", de "ilustríssimo" para cima.

O telégrafo, que é um voraz caça-níqueis, cobra o "bom-dia", os "abraços", os "beijos", as "saudades eternas", etc., etc. O telegrama amável arruína quem o passa.

UNANIMIDADE

Nada compromete mais, e nada perverte mais do que a unanimidade.

VAIA

A verdadeira apoteose é a vaia.

VELÓRIOS

O morto começa ser esquecido em pleno velório.

VIRTUDES

Sua virtude resistira a 365 sonetos.

Minha impontualidade é uma virtude:
— chego antes.

VIUVEZ

Uma viuvez tem dois por cento de sentimento e noventa e oito por cento de comédia.

O BERRO IMPRESSO NAS MANCHETES

P ublicadas entre 1955 e 1959, as crônicas de Nelson Rodrigues para a *Manchete Esportiva* sintetizam um dos principais períodos de transformação do esporte brasileiro: o futebol desponta como modalidade nacional, mobilizando multidões. Com sensibilidade, Nelson relaciona os esportes — além de futebol, boxe, remo, basquete, entre outros — com seus personagens e com o público e mostra como as disputas podem ser vistas como pequenas metáforas da existência humana. Em cada texto aparecem grandes dramas e épicos, com personagens memoráveis, dignos dos contos e das peças do autor.

ADMIRAÇÃO

No dia em que a criatura humana perder a capacidade de admirar, cairá de quatro, para sempre.

ALMA

O que entende de alma um técnico de futebol?

Sem alma não se chupa nem um chicabon.

AMOR

Só acredito em amor que chora.

BARRIGA E BARRIGUDOS

Há uma relação sutil, mas indiscutível, entre a barriga e o êxito, entre a barriga e a glória.

Há nos barrigudos uma imensa, uma inestancável cordialidade. Eles pingam simpatia como um guarda-chuva encharcado.

BEBIDA E BÊBADOS

Até para se beber um copo d'água é preciso um pouco, um mínimo de martírio.

BOLA

A bola tem um instinto clarividente e infalível que a faz encontrar e acompanhar o verdadeiro craque.

Há na bola uma alma de cachorra.

CASAIS

De vez em quando é preciso que um casal se engalfinhe. É sadio e atrevo-me mesmo a dizer: — é sublime.

CANALHAS

O canalha é sempre um cordial, um ameno, um amorável.

O canalha é uma figura de incalculável riqueza interior. O diabo é que é difícil, dificílimo, senão impossível, descobrir um canalha.

CHARME

Se cada um de nós enxergasse um palmo adiante do nariz já teria visto que qualquer namoradinha suburbana, aqui, tem tanto ou mais charme que Joana D'Arc.

DINHEIRO

O dinheiro excessivo nos intoxica e liquida.

DÍVIDAS

Um brasileiro sem dívidas é o que há de mais utópico, inexequível e, mesmo, indesejável.

FRACASSO

Só acreditamos e só aceitamos, sem restrições, os fracassos. É verdade — a derrota é o nosso poderoso excitante, o nosso eficacíssimo afrodisíaco vital.

Diante de um fracasso tão feio, a única atitude possível, para todos nós, é a seguinte: observar um minuto de vergonha. Nada mais.

FUTEBOL

De fato, o futebol brasileiro tem tudo, menos o seu psicanalista. Cuida-se da integridade das canelas, mas ninguém se lembra de preservar a saúde interior, o delicadíssimo equilíbrio emocional do jogador.

Quando um clube apanha de 9, de 10, de 12, não pode sair normalmente de campo: — urge buscá-lo de maca ou, até, de rabecão.

O futebol brasileiro é, por natureza, e na sua incoercível espontaneidade, enfeitado como um índio de carnaval.

Há uma verdade eterna no futebol, que é a seguinte: — enquanto não soar o apito final, ninguém ganhou, ninguém perdeu.

Ora, um pênalti é, acima de tudo, um problema de inteligência.

Um pênalti equivale a um soco na cara do goleiro. O infeliz sofre um verdadeiro nocaute moral.

O jogador que nunca levou um pé na cara não amadureceu ainda para os grandes triunfos.

O futebol se nutre de pornografia como uma planta de luz.

Ponham uma barba postiça num torcedor do Botafogo, deem-lhe óculos escuros, raspem-lhe as impressões digitais e, ainda assim, ele será inconfundível. Há, no alvinegro, a emanação específica de um pessimismo imortal.

O torcedor do Botafogo é diferente: — ele compra o seu ingresso como quem adquire o direito, que lhe parece sagrado e inalienável, de sofrer.

Ganhou o Flamengo, mas o Fluminense não perdeu.

Mesmo com 22 pernas-de-pau, o Fla-Flu apresenta sempre uma grandeza específica e irresistível.

Há de chegar talvez o dia em que o Flamengo não precisará de jogadores, nem de técnicos, nem de nada. Bastará a camisa, aberta no arco.

De fato, o que sucede com a camisa do Flamengo desafia e refuta todas as nossas experiências passadas, presentes e futuras. Quando o time não dá mais nada, quando a defesa baqueia, e o ataque soçobra, vem a camisa e salva tudo.

Como resistir a uma camisa que tem suor próprio, que transpira sozinha, que arqueja, e soluça, e chora? O Flamengo só perde quando não põe para funcionar o milagre da camisa.

Olhemos o destino do Fluminense. No fim de cada temporada, a soma dos seus triunfos é muito maior que a de insucessos. Dir-se-ia que vencemos por força de uma predestinação irredutível.

O passado glorioso, que existe por trás de cada tricolor, infunde-lhe uma autoridade especialíssima. Numa palavra: — Com a camisa da Rua Álvaro Chaves, um perna-de-pau já o será muito menos.

O Fluminense encarnou-se nele mesmo.

Diante de Garrincha, ninguém era mais torcedor de A ou de B. O público passava a ver e a sentir apenas a jogada mágica.

Foi-se assistir a um jogo e viu-se Garrincha. No fim, já as duas torcidas queriam apenas que Garrincha apanhasse a bola e começasse a fazer as suas delirantes fantasias.

Comparem o homem normal, tão lerdo, quase bovino nos seus reflexos, com a instantaneidade triunfal de Garrincha.

A máxima característica terrena de Garrincha é a seguinte: — ele não precisa pensar. E, por isso, porque não pensa, posso apontá-lo como a única sanidade mental do Brasil.

Até Deus, lá do alto, há de admirar-se e há de concluir: — "Esse Garrincha é o maior!" O "seu" Mané não trata a bola a pontapés como fazem os outros. Não. Ele cultiva a bola, como se fosse uma orquídea rara.

Pelé é o Michelangelo da bola.

GORDOS

Desconfio dos magros, dos elegantes. Ao passo que os gordos de ambos os sexos e de qualquer idade dão-me uma ideia de bondade, e, mesmo, de santidade.

Shakespeare, que era mais sagaz e mais alfabetizado do que nós, desconfiava dos magros, só dos magros, e jamais levantou qualquer suspeita contra o gordo.

O gordo só é cruel na mesa, diante do prato, com o guardanapo a pender-lhe do pescoço.

Numa terra de neurastênicos, deprimidos e irritados, convém ter o macio, o inefável humor dos gordos. A banha lubrifica as reações, amacia os sentimentos, amortece os ódios, predispõe ao amor.

HISTERIA

A capelinha esvaziou a morte do seu conteúdo poético dramático e, direi mesmo, histérico.

Eis a verdade: — a capelinha torna inexequíveis as histerias magníficas dos funerais antigos.

HONESTIDADE

Não acredito em honestidade sem acidez, sem dieta e sem úlcera.

IDIOTA

Um idiota está sempre acompanhado de outros idiotas.

INTELIGÊNCIA

Isso a que chamamos inteligência é uma questão de dia, e, sobretudo, de momento. Somos inteligentíssimos em determinado dia ou momento e burríssimos antes e depois.

JORNALISMO

Na vida jornalística, dois dias bastam para mumificar um acontecimento, para desatualizar um feito.

O que mais admira, em nós, jornalistas, é a desenvolta irresponsabilidade com que escrevemos as nossas barbaridades.

JUVENTUDE

O jovem está sempre no dilema: — ou é um gênio ou um bobo, ou um Rimbaud ou um débil mental, desses que babam.

MAGROS

É preciso ver os magros com a pulga atrás da orelha. São perigosos, suscetíveis de paixões, de rancores, de fúrias tremendas.

Até hoje, que eu me lembre, todos os canalhas que eu conheci são, fatalmente, magros.

MEMÓRIA

Não há nada mais relapso do que a memória. Atrevo-me mesmo a dizer que a memória é uma vigarista, uma emérita falsificadora de fatos e de figuras.

MORTE E MORTOS

A morte parece conferir um especialíssimo manto aos seus eleitos. Não há morto sem importância.

NOMES

Hoje, todo o esplendor de Nero está reduzido a isto — virou nome de cachorro.

Há certos nomes que exprimem e elucidam toda uma personalidade e, mais do que isso, todo um destino.

Napoleão. Eis um nome que tem um lampejo cruel de baioneta.

Nenhum craque usa o nome por extenso.

Há entre o nome de um sujeito e o seu destino uma conexão inevitável.

PASSADO
Eis uma verdade eterna: — o passado sempre tem razão.

Nada tão remoto, nada tão longínquo, nada tão antediluviano como o passado recente, o passado imediato.

PATRIOTISMO

Sou de um patriotismo inatual e agressivo, digno de um granadeiro bigodudo.

PORNOGRAFIA

Sem uma sólida, potente e jocunda pornografia, um Vasco da Gama, um Colombo, um Pedro Álvares Cabral não teriam sido almirantes nem de barca da Cantareira.

Retire-se a pornografia do futebol e nenhum jogo será possível.

PSICANÁLISE E PSICANALISTA

Antes de um desses atos gravíssimos, como seja o adultério, o desfalque, o homicídio ou o simples e cordial conto do vigário, a mulher e o homem praticam a sua psicanálise.

O psicanalista tornou-se tão necessário e tão cotidiano como uma namorada. E o sujeito que, por qualquer razão eventual, deixa de vê-lo, de ouvi-lo, de farejá-lo, fica incapacitado para os amores, os negócios e as bandalheiras.

Nos Estados Unidos, não há uma Bovary, uma Karenina que não passe, antes do adultério, no psicanalista.

QUADRIS

É impossível não ter uma funda nostalgia dos quadris anteriores à Primeira Grande Guerra.

RACIOCÍNIO

Todos nós dependemos do raciocínio. Não atravessamos a rua, ou chupamos um chicabon, sem todo um lento e intricado processo mental.

REPUTAÇÃO

Reputação constitui a soma de todos os equívocos que uma pessoa suscita.

RISO

Nada pior, nada mais abjeto que o riso. E acrescento: — nada mais atentatório, eu quase dizia ginecológico. O sujeito só devia rir às escondidas, num sigilo de alcova.

Há de chegar um dia em que o homem vai ter um pudor tardio e convulsivo, uma vergonha retrospectiva do riso que o tem arreganhado, através dos séculos.

SUBLIME

O sublime não se repete, é bissexto, acontece uma vez na vida, outra na morte.

TAPA

Um tapa não é apenas um tapa: — é, na verdade, o mais transcendente, o mais importante de todos os atos humanos.

VAIA

Assim é o brasileiro de brio. Deem-lhe uma boa vaia e ele sai por aí, fazendo milagres, aos borbotões.

VELHICE

Aos 37 anos o indivíduo é gagá para a bola, e insisto: — o indivíduo baba de uma velhice irremediável. A própria bola o refuga e trai.

VIRTUDES

Falta ao virtuoso a feérica, a irisada, a multicolorida variedade do vigarista.

A virtude pode ser muito bonita, mas exala um tédio homicida e, além disso, causa as úlceras imortais.

XINGAMENTO

Como jogar ou como torcer se não podemos xingar ninguém? O craque ou torcedor é um Bocage.

Todos os torcedores de futebol se parecem entre si como soldadinhos de chumbo. Têm o mesmo comportamento e xingam, com a mesma exuberância e os mesmo nomes feios, o juiz, os bandeirinhas, os adversários e os jogadores do próprio time.

BRASIL EM CAMPO

Nelson Rodrigues e o futebol. Pode parecer mera repetição, mais do mesmo, mas não é. Sabidamente apaixonado por esse esporte, o autor o elege como nosso maior traço de união e o transforma em uma verdadeira metáfora do Brasil e dos brasileiros. Na antologia *Brasil em campo*, em textos que conjugam ironia, versatilidade e repetição — com muito estilo —, vemos belíssimos chutes a gol desse que é um dos maiores cronistas esportivos do país! E não é só isso. Nesses 71 textos reunidos por Sonia Rodrigues em 2012, ano do centenário de Nelson, percebe-se que o cronista, depois do chute inicial, segue com belos e inesperados dribles na pauta de sua coluna, passando a bola por questões políticas e culturais, até chegar ao mais fundo da alma brasileira.

ADULTÉRIO

Se há um adultério, todo mundo fica sabendo da hora, dia, endereço do Pecado.

ALMA

Quando injetam a alma no brasileiro ele é insuperável.

BELEZA

Não há beleza que resista a uma espera de duas horas.

BRASIL E BRASILEIROS

O brasileiro tem de ser visto como um pau de arara, à beira da estrada, coçando a sua sarna e lambendo a sua rapadura.

A partir do Méier, o brasileiro começa a ter saudades do Brasil.

Tudo no Brasil está para ser profetizado.

BURRICE

Que fazer contra a burrice? Desconfio que não há reação possível.

CHARME

Hoje em dia, qualquer jumento nosso tem um charme de puro-sangue.

DEPRESSÃO

O craque brasileiro está sempre a um passo da depressão.

FUTEBOL

Os nossos descobridores, os nossos argonautas de cristal, os nossos lusíadas, os nossos mares — estão no futebol.

Qualquer paralelepípedo sabe que nenhum futebol se compara ao nosso.

Se não se faz literatura, nem política com bons sentimentos, também não se faz futebol com bons sentimentos.

A mim, só interessam as lacraias que se fingem de tricolor para melhor mordê-lo. E como está bem-servido de lacraias o Fluminense.

HORA E HORÁRIOS

Amigos, a pátria está salva. Todas as novelas foram escorraçadas do chamado horário nobre.

IDIOTA

O idiota tem uma fina sensibilidade histórica e um agudo senso profético.

IMPARCIAL E IMPARCIALIDADE

Como não pretendo ser imparcial, pertenço à classe dos cronistas-torcedores. Vocês nem imaginam. Mas eu não faço crítica e sim torcida.

O imparcial absoluto seria um ser tão extraordinário que teria de viver amarrado num pé de mesa, e bebendo água numa cuia de queijo Palmyra. Ou amarrado num pé de mesa ou fazendo exibições num picadeiro.

Mesmo que possível, a "imparcialidade" seria indesejável. Para alcançar a isenção ideal, o sujeito teria que ter por dentro algodão, em vez de entranhas vivas.

O imparcial só merece a nossa gargalhada.

O ser humano pode ter todos os defeitos, e os tem, menos o da imparcialidade.

INFERNO

O inferno é uma sala de espera.

INTENÇÃO

Nós somos injustos ou iníquos com a melhor das intenções.

PASSADO

Se não fosse o passado, estaríamos todos nas cavernas, roendo pedra, ou no bosque, uivando à lua.

PODER

No Brasil, a delícia do Poder é o seu abuso.

PUDOR

É o único pudor que nos resta, o pudor de gostar, de querer bem, e de precisar de um afeto profundo.

ROMÂNTICO

O romântico é homem de uma mulher só.

SANTO

Quero crer que o verdadeiro santo é o que vira cambalhotas elásticas, acrobáticas, hilariantes. Imagino são Francisco de Assis indo de casa em casa e depositando em cada porta uma piada.

Com um mínimo de ridículo não há herói, não há santo, não há profeta.

SUCESSO

O sucesso é um risco de vida.

UMBIGOS

Coisa linda que é a Avenida Atlântica, de uma ponta a outra ponta, ou seja, de Forte a Forte. Quatro quilômetros de umbigos.

VAIA

Para o jogador de caráter, uma vaia é um incentivo fabuloso, um afrodisíaco infalível.

VARIEDADE

"É preciso variar", dizem. Mentira. É preciso, inversamente, não variar. Nada é mais estúpido e vazio do que a variedade.

VERDADES

Duzentas mil pessoas significam duzentas mil verdades.

Cada um de nós trata de vender a sua verdade.

VIRTUDES

A virtude exagerada, em vez de favorecer o amor, pode liquidá-lo.

ZEBRAS

Pero Vaz de Caminha diria que, nesta terra, até os paralelepípedos dão flor, até as zebras estão florindo.

A PÁTRIA DE CHUTEIRAS

Nelson Rodrigues foi o escritor brasileiro que melhor leu e releu nosso país pelo campo, pela bola, pelos craques, pela arte do futebol ou, o que seria mais acertado, pelo futebol arte. Ele viu e compreendeu, antes de todos, a grandiosidade do Brasil não só nos gramados, mas principalmente fora deles. Defendeu a nação com uma paixão pura e assumidamente parcial, de torcedor e não de jornalista isento, anunciando, promovendo e profetizando a força da pátria de chuteiras. As crônicas reunidas nesse livro apresentam um sem-número de frases que definem com uma precisão cirúrgica nossas falhas, dores e misérias, além do nosso complexo de vira-latas, mas também nosso imenso potencial de sermos os melhores do mundo.

ADMIRAÇÃO

Só admiramos num terreno baldio e na presença apenas de uma cabra vadia. Ai de nós, ai de nós! Somos o povo que berra o insulto e sussurra o elogio.

BRASIL E BRASILEIRO

O brasileiro que vai a Vigário Geral volta com sotaque.

Já descobrimos o Brasil e não todo o Brasil. Ainda há muito Brasil para descobrir. Não há de ser num relance, num vago e distraído olhar, que vamos sentir todo o Brasil. Este país é uma descoberta contínua e deslumbrante.

Foi o escrete que ensinou o brasileiro a conhecer-se a si mesmo. Tínhamos uma informação falsa a nosso respeito.

O brasileiro precisa se convencer de que não é um vira-latas.

BURRICE

A partir de Vigário Geral, baixa, em nós, uma súbita e incontrolável burrice.

CINISMO

A História informa que o cinismo é próprio dos grandes povos.

FUTEBOL

O começo de qualquer partida é uma janela aberta para o infinito. Ao soar o apito inicial, todas as possibilidades passam a ser válidas.

A grossura, a truculência, a deslealdade ou, numa palavra, o coice nunca foi moderno. É um futebol que se devia jogar de quatro, aos relinchos, aos mugidos; e que também se devia assistir de quatro, com os mesmos relinchos e os mesmos mugidos.

Um match representa algo mais que pontapés. Participam da luta dois clubes e todos os seus bens morais, afetivos, líricos, históricos.

No Vasco, o mais importante é um valor gratuito:
— a tradição.

Em 50, não foi apenas um time que fracassou no Maracanã. Foi o homem brasileiro, como em Canudos.

Em 70, mandamos para o México um escrete feito de vaias.

O sujeito que diz que o futebol brasileiro passou é o Narciso às avessas, já que a seleção é a pátria em calções e chuteiras.

Nós "vivemos" o futebol, ao passo que o inglês, ou o tcheco, o russo apenas o joga. Há um abismo entre a seca objetividade europeia e a nossa imaginação, o nosso fervor, a nossa tensão dionísica.

Os nossos comentaristas só veem peladas por toda a parte. E assim tentam cavar entre o torcedor e o futebol um abismo irreversível.

Não há um brasileiro, vivo ou morto, que não tenha na sua biografia uma velha pelada.

No time de Pelé, só ele existe e o resto é paisagem.

Muitíssimas vezes, Pelé foi estátua e, muitíssimas vezes, foi vaia.

HERÓIS

Nenhum clube, nenhum povo tem o direito de vender seus heróis. Nem o herói tem o direito de vender a si mesmo.

HUMILDADE

É uma abjeção falar em humildade no Brasil. Olhem este povo de paus de arara. Ante as riquezas do mundo, cada um de nós é um retirante de Portinari, que lambe a sua rapadura ou coça a sua sarna. A humildade tem sentido para os césares industriais dos Estados Unidos. Já o pau de arara precisa, inversamente, de mania de grandeza.

Do nosso lábio, sempre pendeu a baba elástica e bovina da humildade.

IMPERIALISMO

Ponham um inglês na Lua. E na árida paisagem lunar, ele continuará mais inglês do que nunca. Sua primeira providência será anexar a própria Lua ao Império Britânico.

Um império se faz pulando o muro e saqueando o vizinho.

INDIVIDUALIDADES

Ninguém admite uma fé sem Cristo, ou Buda, ou Alá, ou Maomé. Ou uma devoção sem o santo respectivo. Ou um exército sem napoleões. No esporte também. Numa competição modesta de cuspe a distância, o torcedor exige o mistério das grandes individualidades.

MILHÕES

Ninguém vive só de milhões materiais. E os milhões subjetivos? Só a língua da terra vale um milhão bem-contado.

MOLECAGEM

O brasileiro é uma nova experiência humana. O homem do Brasil entra na história com um elemento inédito, revolucionário e criador: a molecagem.

O doce na molecagem é a alegria insopitável e gratuita.

MORTE

Diante de um caixão, o sujeito faz sempre esta reflexão egoísta e estimulante: "Ainda bem que eu não sou o defunto."

Há um "charme" na morte, há um apelo que ninguém resiste. Entre um casamento, um batizado ou um enterro, qualquer um prefere o velório, embora este último não tenha os guaranás e os salgadinhos dos dois primeiros.

PROTESTO

O mínimo que se pode esperar do subdesenvolvido é o protesto. Ele tem de espernear, tem de subir pelas paredes, tem de se pendurar no lustre. Sua dignidade depende de sua indignação.

Um subdesenvolvido não pode manter a sua dignidade sem o protesto. É o protesto, repito, que o salva, que o redime e que o potencializa.

SUBDESENVOLVIDO

O subdesenvolvido faz um imperialismo às avessas. Vai ao estrangeiro e, em vez de conquistá-lo, ele se entrega e se declara colônia.

A tragédia do subdesenvolvimento não é só a miséria ou a fome, ou as criancinhas apodrecendo. Não. Talvez seja um certo comportamento espiritual. O sujeito é roubado, ofendido, humilhado e não se reconhece nem o direito de ser vítima.

TERNURA

O brasileiro e Satã têm algo em comum. Como se sabe, o abominável Pai da Mentira é um impotente do sentimento. Não há, em toda a sua biografia, um único e escasso momento de ternura. E o Satanás daria a metade de suas trevas por uma furtiva lágrima de amor.

VALORES

No dia em que deixarmos de prezar os valores gratuitos, vamos cair todos de quatro.

A VIDA COMO ELA É...

A vida como ela é... dispensa apresentações. A coluna escrita por Nelson Rodrigues por uma década já fazia um grande sucesso antes de se tornar livro, em 1961. Tanto que foi parar na rádio, passou pelas telas do cinema, ganhou os palcos, e, mais recentemente, foi adaptada para a TV. Com uma prosa ágil, fértil, e um quê do melhor do jornalismo, os cem contos escolhidos por Nelson para compor o volume retratam os dramas e o cotidiano do brasileiro, a "vida real" como ninguém jamais havia posto no papel.. Em 2012, no centenário do autor, a editora Nova Fronteira lançou A vida como ela é... em 100 inéditos, recuperando as páginas dos jornais mais uma centena de histórias para deleite dos fãs. Em seguida, publicou também A vida como ela é... em série, reunião de 47 contos e seis histórias seriadas. As frases a seguir foram colhidas nesses três livros.

ADULTÉRIO

O marido não deve ser o último a saber. O marido não deve saber nunca!

AMOR

Em matéria de amor, qualquer homem é um canalha!

Em amor, a seleção é um equívoco ou, pior, uma deficiência. Só os insuficientes é que escolhem muito, escolhem demais.

Num casal, pior do que o ódio, é a falta de amor.

O amor exige uma concentração prévia e total.

Em amor, deve-se mentir, sempre!

O que põe a mulher no hospício, quase sempre, é a falta de amor.

CANALHAS e CRETINOS

Qualquer homem é um canalha!

O sujeito que só conhece uma mulher é um cretino!

DINHEIRO

O dinheiro de minha mulher dá-me uma autoridade tremenda!

Para que serve o dinheiro da minha mulher, senão para pagar minhas aventuras?

O dinheiro compra até o amor verdadeiro.

FIDELIDADE

Ser fiel a um marido vivo, não é vantagem. Bonito é a fidelidade ao que morreu.

MULHER

A mulher que apanha e continua fiel não é séria, é burra!

NUDEZ

Acariciou a própria nudez como uma lésbica de si mesma.

ÓDIO

Há no ódio mais obstinação, mais exclusividade, mais fidelidade do que no amor.

PECADO

Uma mulher pode fazer o diabo às 10 horas da manhã. Ninguém desconfia que se possa pecar tão cedo!

SEPARAÇÃO

A única coisa que justifica a separação é a falta de amor.

TRAIÇÃO

Certas esposas precisam trair para não apodrecer.

O sujeito que gosta no duro, batata, está disposto a ser o último a saber ou a não saber nunca.

VIRTUDES

A virtude é triste, azeda e neurastênica.

Considero monstruosa a virtude que se baseia, pura e simplesmente, na ignorância do mal. Cada mulher deveria ter um conhecimento teórico, minucioso do bem e do mal. Chamo virtude a opção consciente e voluntária do bem.

PEÇAS
DE TEATRO

Nelson Rodrigues revolucionou a dramaturgia brasileira com as 17 peças que escreveu ao longo de quase quarenta anos. Com uma escrita polêmica e inovadora, abalou os alicerces da nossa sociedade, dividindo opiniões, provocando intensos debates e tornando o teatro brasileiro conhecido internacionalmente. Hoje considerado o maior clássico da nossa literatura dramática, o autor foi responsável ainda por inaugurar e consolidar o modernismo no teatro brasileiro. Sua crítica aguçada e seu estilo inconfundível ultrapassam em muito a época em que as peças foram escritas e chegam até nós com as mesmas contundência e genialidade.

ADULTÉRIO

A adúltera é mais pura porque está salva do desejo que apodrecia nela.

(Gilberto — em *Perdoa-me por me traíres*)

O que estraga o adultério é a clandestinidade.

(dr. Lambreta — em *Viúva, porém honesta*)

AMOR

O maior inimigo do amor é a falta de dinheiro.

(d. Clara — em *Meu destino é pecar*)

O amor com uma pessoa louca — é o único puro!

(d. Senhorinha — em *Álbum de família*)

Quando um cônjuge bate na porta do banheiro e o outro responde lá dentro: "Tem gente", não há amor que resista.

(Diabo da Fonseca — em *Viúva, porém honesta*)

Amar é ser fiel a quem nos trai!

(Gilberto — em *Perdoa-me por me traíres*)

Tudo é falta de amor: um câncer no seio ou um simples eczema é o amor não possuído!

(Gilberto — em Perdoa-me por me traíres)

Bobo é aquele que ama sem esparadrapo.

(Diabo da Fonseca — em Viúva, porém honesta)

As mãos são mais culpadas no amor... Pecam mais...

(Moema— em Senhora dos afogados)

CANALHAS

No Brasil quem não é canalha na véspera, é canalha no dia seguinte.

(Peixoto — em Otto Lara Resende ou Bonitinha, mas ordinária)

Não há, nunca houve o canalha integral, o pulha absoluto. O sujeito mais degradado tem a salvação em si, lá dentro.

(Médico — em Toda nudez será castigada)

CASAMENTO

Casamento até na porta da igreja se desmancha.

(Mulher de véu – em *Vestido de noiva*)

Casamento é loteria.

(Cunha – em *O beijo no asfalto*)

CHUVA

Quando chove em cima das igrejas, os anjos escorrem pelas paredes...

(Mocinha – em *Valsa n.º 6*)

ESPINHA

Espinha em mulher é bom sinal! Não acredito em mulher de pele boa.

(d. Flávia – em *Doroteia*)

FIDELIDADE

A fidelidade devia ser uma virtude facultativa. A mulher seria fiel ou não, segundo as suas disposições de cada dia.

(Olegário – em *A mulher sem pecado*)

O grande marido é o que morreu. O único que merece fidelidade.

> (Ivonete — em *Viúva, porém honesta*)

A fidelidade já deixou de ser um dever — é um hábito.

> (Paulo — em *Senhora dos afogados*)

GRÃ-FINA
A grã-fina é a única mulher limpa. A grã-fina nem transpira.

(Edgard — em *Otto Lara Resende ou Bonitinha, mas ordinária*)

HOMEM
O homem não devia sair nunca do útero materno.

> (Edmundo — em *Álbum de família*)

IDIOTA
Prefiro mil vezes ser pervertida do que idiota.

> (Mulher de véu — em *Vestido de noiva*)

MARIDO

Um marido que dá garantias de vida está liquidado.

(Alaíde — em *Vestido de noiva*)

MISERICÓRDIA

A misericórdia também corrompe.

(Padre — em *Toda nudez será castigada*)

MORTE

Um morto é bom, porque a gente deixa num lugar e quando volta ele está na mesma posição.

(Alaíde — em *Vestido de noiva*)

Ninguém é macho no Caju!

(Agenor — em *Boca de Ouro*)

O que mete medo na morte é que cada um morre só.

(Nair — em *Perdoa-me por me traíres*)

NOMES

Sônia, um nome que eu acho bonito, quase branco...

(Mocinha — em *Valsa n.º 6*)

Paulo é apenas um nome suspenso no ar, que eu poderia colher como se fosse um voo breve.

(Mocinha — em *Valsa n.º 6*)

NUDEZ

Só as cegas deviam ficar nuas.

(Olegário — em *A mulher sem pecado*)

OLHOS

Meu Deus, por que existem tantos olhos no mundo?

(Mocinha — em *Valsa n.º 6*)

PALAVRÃO

Hoje tudo que é mulher diz puta que o pariu.

(Geni — em *Toda nudez será castigada*)

PALAVRAS

Esculhambação é a palavra mais feia da língua.

(Salim — em *Anti-Nelson Rodrigues*)

PSICANALISTA

O psicanalista não cura nem brotoeja.

(Diabo da Fonseca — em *Viúva, porém honesta*)

RIDÍCULO

Só os imbecis têm medo do ridículo.

(Salim — em *Anti-Nelson Rodrigues*)

SEXO

O verdadeiro defloramento é o primeiro beijo na boca.

(Gilberto — em *Perdoa-me por me traíres*)

O sexo é uma selva de epiléticos.

(Salim — em *Anti-Nelson Rodrigues*)

SIMPLICIDADE

As coisas são tão simples. Nós é que complicamos tudo.

(Caveirinha — em Boca de Ouro)

SOLIDARIEDADE

O mineiro só é solidário no câncer.

TRAIÇÃO

Pode-se trair as mortas, que elas não reclamam!

(Lena — em Meu destino é pecar)

Casar qualquer um casa, mas trair exige classe!

(Diabo da Fonseca — em Viúva, porém honesta)

Quando uma filha se casa, o pai é um pouco traído.

(Aprígio — em O beijo no asfalto)

Ninguém ama ninguém, ninguém sabe amar ninguém. Então é preciso trair sempre, na esperança do amor impossível.

(Gilberto — em Perdoa-me por me traíres)

A MENTIRA

Como o título indica, o romance que Nelson Rodrigues começou a publicar no semanário *Flan* em junho de 1953 é uma tragédia causada por mentiras e segredos. Lúcia, a caçula de uma família de quatro mulheres e um pai repressor, aparece grávida aos 14 anos. A suspeita sobre quem seria o pai da criança será o motor de uma sequência de revelações de acontecimentos passados e desejos ocultos sob a aparente harmonia familiar. Sétimo romance escrito por Nelson Rodrigues, A mentira foi o primeiro assinado pelo autor sem pseudônimo. Nos dezoito capítulos que compõem a narrativa, com a mordacidade característica de sua escrita, Nelson explorou a perversidade, a culpa e a angústia que existem em toda relação humana.

AMOR

Ninguém é culpado de amar!

O único amor decente é o dos cegos!

LOUCURA

A única doença em que acredito e que respeito é a loucura.

O câncer não é nada, é pinto, é café pequeno, diante da loucura!

Quem foi doido uma vez, não endireita nunca mais!

ÓDIO

Há uma coisa pior do que o ódio: a falta de amor.

PUDOR

Só os cegos têm pudor.

Homem sem banhas, magríssimo, tem um pudor feroz das canelas magras.

REPUTAÇÃO

A reputação de um ginecologista é mais sensível e mais ameaçada que a de uma senhora honesta.

ASFALTO SELVAGEM: ENGRAÇADINHA, SEUS PECADOS E SEUS AMORES

A*sfalto selvagem* conta, em duas partes, a história de Engraçadinha, personagem complexa e misteriosa, das mais marcantes da literatura brasileira. A primeira parte se passa em Vitória, Espírito Santo, em 1940. Ainda adolescente, a jovem filha de um deputado conservador se apaixona por seu primo e desperta desejos que incomodam a sociedade local. Para se livrar dos pecados de que nem sempre é culpada, ela se casa com o devotado Zózimo e se muda para o Rio de Janeiro disposta a levar uma vida recatada. Na segunda parte, que se dá em 1959, ela volta a conviver com os fantasmas do passado, vendo se repetirem através de sua filha Silene os erros de sua juventude.

ALMA

Mais importante são os ovários da alma.

(narrador)

Os verdadeiros órgãos genitais estão na alma.

(dr. Bergamini)

AMOR

Em amor não há culpados.

(Letícia)

O verdadeiro amor mete medo.

(Letícia)

O amor devia ser um casal e, ao mesmo tempo, uma testemunha.

(Sílvio)

O amor normal não tem imaginação, nem audácia, nem as grandes abjeções inefáveis. É um sentimento que vive de pequeninos escrúpulos, de vergonhas medíocres, de limites covardes.

(narrador)

Há tão pouco amor porque o degradam com deveres, com obrigações.

(narrador)

Depois de certo tempo, o amor conjugal vira amizade e o desejo passa a ser quase incestuoso.

(dr. Odorico)

CANALHAS

Um canalha útil, um canalha necessário, possui uma fascinação e uma autoridade irresistíveis.

(narrador)

CASAMENTO

O casamento que começa por um favor está liquidado.

(dr. Arnaldo)

Só um débil mental pode casar-se na presunção de que o casamento é divertido, variado ou simplesmente tolerável. É divertido como um túmulo.

(dr. Arnaldo)

CONFISSÃO

Só os bêbados se confessam.

(dr. Odorico)

A confissão católica é, para a alma feminina, como um toque ginecológico, sem luva.

(dr. Odorico)

CONQUISTA

Não é com escrúpulos, pudores e dúvidas, que se conquista uma mulher.

(Nelsinho)

CRIME

No Brasil, quem descobre os crimes é a imprensa.

(repórter)

FIDELIDADE

Como dever, como obrigação, a fidelidade é uma virtude vil.

(narrador)

O amor múltiplo é uma exigência sadia da carne e da alma. A exclusividade que ela dá, e que o homem exige, representa um equívoco ou, pior: — um aviltamento progressivo e fatal. Cada minuto de fidelidade significa assim um novo desgaste.

(narrador)

GÊNIO

O gênio é cafajeste. Um cafajeste gigantesco.

(dr. Odorico)

HOMEM

O grande homem da véspera não está livre de ser o bode do dia seguinte, um bode de chifres anelados e ornamentais.

(narrador)

LAR

O lar é arejado como um túmulo.

(dr. Arnaldo)

MAGROS

Os magros só devem amar vestidos.

(dr. Arnaldo)

PUDOR

A mulher deve ter pudor sempre. Mesmo no parto!

(dr. Arnaldo)

SUBURBANOS

Qualquer mulher é suburbana. A grã-fina mais besta é chorona como uma moradora do Encantado e Del Castilho.

(Nelsinho)

TRAIÇÃO

Num casal, há sempre um infiel. É preciso trair para não ser traído.

(alguém não identificado)

Nenhuma mulher trai por amor ou desamor.

(narrador)

VIDA ETERNA

É a vida eterna que impede o homem de trotar, na Avenida Presidente Vargas, montado por um Dragão da Independência! Um Dragão de penacho!

(dr. Odorico)

O CASAMENTO

O *casamento* é um inventário das obsessões mais caras a Nelson Rodrigues. Adultério, incesto, assassinato e um austero moralismo pontuam suas páginas, escritas em 1966, no ritmo da encomenda que resultou no primeiro e único romance publicado diretamente como livro (e não como folhetim) e que assinou com o próprio nome. Censurada menos de dois meses depois de vir a público, a obra se passa nas 24 horas que antecedem ao casamento de Glorinha, quando Sabino, o zeloso pai da moça, se vê atropelado por fantasias e fantasmas sexuais e sua vida se transforma no campo de batalha entre a força devastadora dos desejos e a aparente solidez da moral.

ADULTÉRIO

Não existe família sem adúltera.

(narrador)

AMOR

Não acredito que uma mulher possa amar o mesmo homem por mais de dois anos.

(alguém esperando o elevador)

CANALHAS

Todo canalha é magro!

(alguém na rua)

CASAMENTO

O importante no casamento não é a noiva ou o noivo. É o próprio casamento.

(Monsenhor)

O casamento já é indissolúvel na véspera.

(Sabino)

CATÁSTROFE

Pode-se resistir à catástrofe com pequenos atos, atos infinitamente modestos.

(Sabino)

CULPA

Só não estamos de quatro, urrando no bosque, porque o sentimento de culpa nos salva.

(Monsenhor)

GINECOLOGISTA

Quem devia ser casto é o ginecologista.
O ginecologista é que devia andar de batina, sandalinhas e coroinha, aqui, na cabeça.

(Sabino)

Qualquer um pode ser obsceno, menos o ginecologista.

(Sabino)

HOMEM DE BEM

O homem de bem é o gângster da virtude.

(Camarinha)

SANTO

Um santo pode ter ventas de fauno e alma de menina.

(narrador)

SEXO

Se cada um conhecesse a intimidade sexual dos outros, ninguém falaria com ninguém.

(Monsenhor)

TEXTOS INÉDITOS EM LIVROS

Nelson Rodrigues nos deixou uma obra monumental nas duas acepções do termo: que merece ser reverenciada por seu grande valor cultural e que foi produzida em quantidade copiosa. São 17 peças teatrais; nove romances assinados ora sob os pseudônimos Myrna e Suzana Flag, ora com o próprio nome; as histórias da coluna "A vida como ela é..."; quatro livros de crônicas sobre política e sociedade brasileiras, mas também de cunho memorialístico, além das suas famosas crônicas esportivas. Mas são incontáveis os textos que vieram à luz em periódicos e que até hoje não foram publicados em livros: um material riquíssimo ainda a ser desbravado por novos leitores, do qual damos uma pequena amostra aqui com as frases escolhidas.

ADULTÉRIO

As minhas adúlteras são as únicas que se enforcam no cinto do marido.

(Manchete, 15 maio 1965)

ADULTO

Tenho 54 anos de idade e sou (e sempre fui) um anjo pornográfico.

(O jornal, 25 set. 1966)

DINHEIRO

Dinheiro compra tudo, até amor verdadeiro.

(Última Hora, 7 out. 1957, personagem d. Edgardina — da coluna "A vida como ela é...")

DÍVIDAS

O brasileiro tem dívidas para viver e sobreviver.

(Jornal dos Sports, 12 mar. 1968)

FÉ

O indivíduo destituído de qualquer fé acabaria de quatro e urrando no bosque.

(Última Hora, 13 out. 1956)

FLUMINENSE

O Fluminense nasceu com a vocação da eternidade.

(Jornal dos Sports, 13 jan. 1967)

Tudo pode passar, só o Tricolor não passará, jamais.

(Jornal dos Sports, 13 jan. 1967)

MAGROS

Nem todo o magro é canalha, mas todo o canalha é magro.

(Última Hora, 3 jul. 1961)

MORTE

O sujeito que nasce já começou a morrer. O berço é a primeira experiência de sepultura.

(Manchete, 1 dez. 1962)

NUDEZ

A única nudez realmente comprometedora é a da mulher sem quadris.

(Correio da Manhã, 14 maio 1961)

ÓBVIO

Só os santos, os gênios e os profetas enxergam o óbvio.

(Jornal dos Sports, 18 jun. 1963)

Num mundo de evidências imperceptíveis, a descoberta do óbvio leva à loucura.

(Manchete, 15 maio 1965)

PALAVRAS

Em nosso idioma, duas palavras são duzentas.

(Manchete, 15 maio 1965)

POSE

Todas as manhãs, depois do banho (e se toma banho), o sujeito vai ao guarda-vestido e escolhe uma pose como um terno. E o que se diz, o que se escreve, o que se afirma, o que se jura, tudo tem o condicionamento da pose.

(Jornal dos Sports, 20 dez. 1966)

TEATRO E PEÇAS

Uma peça para rir, uma peça com essa destinação específica, me parece tão idiota e tão falsa como o seria uma missa cômica.

(Manchete, 29 nov. 1952)

TEMPO

O tempo é o perfeito amoral.

(Jornal dos Sports, 31 maio 1967)

O tempo purifica, reabilita, promove as piores iniquidades.

(Jornal dos Sports, 31 maio 1967)

UNANIMIDADE

Toda a unanimidade é burra.

(Jornal dos Sports, 9 nov. 1965)

ENTREVISTAS

Um dos grandes mananciais dessas frases ou máximas de Nelson Rodrigues que apresentamos neste livro são as entrevistas que o autor concedeu ao longo da vida. Nelas podemos perceber a coerência e a lucidez de seu pensamento, além de um humor bastante singular que também se faz presente em toda sua obra, desde as crônicas, até as narrativas ficcionais e as peças de teatro. Abaixo de cada frase, indicamos a referência para que o leitor, caso queira, possa se deliciar com a leitura completa das respostas de Nelson e conhecer melhor sua visão de mundo, já que todas as entrevistas podem ser encontradas hoje na internet.

ABANDONO

Não se abandona nem uma namorada, quanto mais uma esposa!

(*Comício*, 15 maio 1952 — em entrevista a Otto Lara Resende)

AMIGOS

O trágico na amizade é o dilacerado abismo da convivência.

(*Manchete*, 11 maio 1968 — entrevista a Clarice Lispector)

AMOR

Todo amor é eterno e, se acaba, não era amor.

(id.ib.)

DEMÔNIO

O grande instrumento do demônio é o artista.

(*Comício*, 15 maio 1952 — em entrevista a Otto Lara Resende)

FUTEBOL

Gosto do Botafogo. Não há, na terra, clube mais dostoievskiano.

(*Manchete*, 26 maio 1962 — entrevista a Nilo Dante)

MÃE

A mãe que não é chata é um monstro.

(*Jornal do Brasil*, 26 maio 1963 — entrevista a Vera Clair)

MENTIRAS

A mentira é nossa ração diária, nosso pão cotidiano, refrigério do espírito e pacificação do corpo.

(*Flan – O Jornal da Semana*, 7 jun. 1953 — entrevista a Hélio Pellegrino)

A mentira, essa preciosa substância que nos alimenta a todos, e sem a qual o equilíbrio do universo estaria desfeito.

(id.ib.)

As relações humanas, mesmo as mais íntimas, se constroem sobre a mentira, e dela extraem sua melhor carga de poesia.

(id.ib.)

A mentira mantém a máquina do mundo, e impede que ela seja destroçada.

(id.ib.)

O preceito divino de "amai-vos uns aos outros", dever-se-ia acrescentar: "menti-vos uns aos outros", com desfaçatez e convicção, para que os crimes, as guerras, as catástrofes possam ser evitados.

(id.ib.)

O mundo vai mal por carência de mentira.

(id.ib.)

Mentira é caridade, no seu mais alto sentido. Sejamos caridosos, cada vez mais caridosos — ou, o que vem a dar na mesma — sejamos mentirosos.

(id.ib.)

MORTE

A morte é solúvel, porque desemboca na eternidade.

(Comício, 15 maio 1952 — em entrevista a Otto Lara Resende)

PALAVRÃO

O palavrão é a palavra que nós aviltamos.

> (déc. 1960 — entrevista a Carlos AA. de Sá no livro Profissão: escritor)

ROMÂNTICO

Sou romântico como um pierrô suburbano.

> (déc. 1970 — entrevista a Edla van Steen no livro Viver & escrever)

SEXO

Sexo sem amor é uma cristalina indignidade.

> (Manchete, 11 maio 1968 — entrevista a Clarice Lispector)

Todo mundo faz sexo. Uma ínfima minoria, seletíssima minoria, faz amor.

> (déc. 1970 — entrevista a Edla van Steen no livro Viver & escrever)

SONHO

O sonho não aceita nem respeita os limites.

> (déc. 1970 — entrevista a Edla van Steen no livro Viver & escrever)

A única maneira de um sujeito ter o sentimento do universo é sonhando, se não só se vê a esquina.

> (id.ib.)

SUCESSO

Faço sucesso sem querer. Uns gostam de mim por equívoco, outros não gostam de mim por equívoco.

> (dec. 1960 — entrevista a Carlos AA. de Sá no livro Profissão: escritor)

TEATRO E PEÇAS

O teatro é a mais prostituta das artes.

> (Comício, 15 maio 1952 — em entrevista a Otto Lara Resende)

Se alguém examinar bem o assoalho das minhas peças, vai encontrar todas as respostas, os meus vestígios.

> (déc. 1970 — entrevista a Edla van Steen no livro Viver & escrever)

VERDADES

A verdade é uma coisa hedionda, feita para habitar os asilos de psicopatas incuráveis.

(*Flan — O Jornal da Semana*, 7 jun. 1953
— entrevista a Hélio Pellegrino)

Direção editorial
Daniele Cajueiro

Editora responsável
Janaína Senna

Produção editorial
Adriana Torres
Mariana Bard
Nina Soares

Pesquisa de conteúdo
André Seffrin

Revisão
Daiane Cardoso

Projeto gráfico
Rafael Nobre

Diagramação
Filigrana

Este livro foi impresso em 2020
para a Nova Fronteira.